Elliot
a peur la nuit

Pour Rachel et Mira

Catalogage avant publication de la Bibliothèque nationale du Canada

Beck, Andrea, 1956-
  [Elliot's noisy night. Français]
  Elliot a peur la nuit / texte et illustrations de Andrea Beck ;
  texte français de Christiane Duchesne.

(Une aventure d'Elliot)
Traduction de: Elliot's noisy night.
Pour enfants.
ISBN 0-7791-1618-6

I. Duchesne, Christiane, 1949- II. Titre. III. Collection: Beck, Andrea, 1956- Aventure d'Elliot.

PS8553.E2948E46514 2002   jC813'.54   C2002-901585-5
PZ23.B355El 2002

Les illustrations de ce livre ont été réalisées aux crayons de couleur.
La police de caractère utilisée est Minion.
Conception graphique : Karen Powers

Édition publiée par Les éditions Scholastic, 175 Hillmount Road, Markham (Ontario) L6C 1Z7, avec la permission de Kids Can Press Ltd.

5 4 3 2 1   Imprimé à Hong-Kong, Chine   02 03 04 05

Elliot a peur la nuit

Texte et illustrations de
ANDREA BECK

Texte français de Christiane Duchesne

Les éditions Scholastic

Elliot a peur.

Dans son lit, la nuit dernière, il a entendu d'étranges bruits.

Même s'il a réussi à les oublier durant la journée, il n'arrive plus à penser à autre chose, maintenant qu'il fait noir.

En se dépêchant d'aller à la cuisine pour prendre sa collation du soir, Elliot imagine les choses les plus terrifiantes.

— Est-ce que vous avez entendu des bruits bizarres, cette nuit? demande Elliot à ses amis.

— Des bruits? demande Bab.

— Oui, des coups et des pas, dit Elliot. On aurait dit qu'il y avait quelque chose dans la maison. Je me suis caché sous mes couvertures.

— Des coups? demande Nourse.

— Des pas? murmure Pouf.

Les amis d'Elliot se rapprochent les uns des autres.

Lorsque Mouflette arrive avec
des biscuits tout chauds, les amis
d'Elliot retrouvent leur courage.

— Ce devait être un rêve, dit Bab.

— Ou ton imagination, dit Mouflette.

— Je crois que c'était le monstre mangeur d'Elliot!
lance Angèle d'une voix sinistre.

Ils éclatent tous de rire, même Elliot.

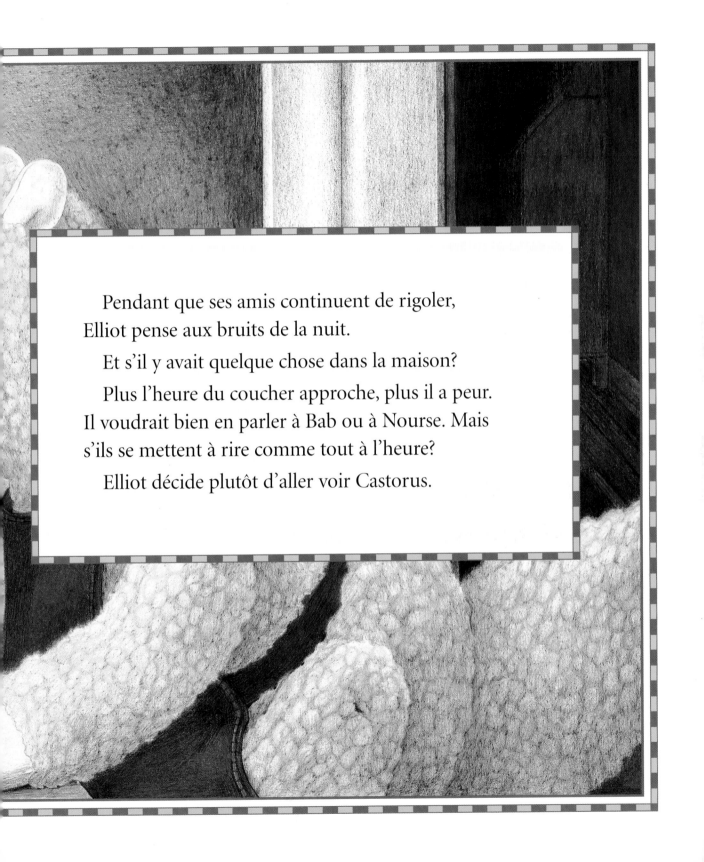

Pendant que ses amis continuent de rigoler,
Elliot pense aux bruits de la nuit.

Et s'il y avait quelque chose dans la maison?

Plus l'heure du coucher approche, plus il a peur.
Il voudrait bien en parler à Bab ou à Nourse. Mais
s'ils se mettent à rire comme tout à l'heure?

Elliot décide plutôt d'aller voir Castorus.

Elliot est presque arrivé à l'armoire de Castorus, lorsqu'il entend un bruit.

BROUM, BROUM, POUM!

Il se rue dans l'armoire de Castorus et ferme la porte derrière lui.

— Il y a quelque chose dans la maison! crie-t-il. Écoute!

Ils se collent l'oreille contre la porte. Castorus n'a pas du tout l'air inquiet. Ils écoutent un bon moment, puis Elliot sourit, ravi.

— C'est le frigo! s'exclame-t-il.

Castorus sourit lui aussi.

— Je savais bien que tu trouverais, dit-il.

Pendant que Castorus
va conduire Elliot à son lit,
ils parlent tous les deux
des bruits de la veille.

— Pas étonnant que tu aies
eu peur, dit Castorus. Ne t'en
fais pas, Elliot. La nuit, on entend mieux
les bruits de la maison. La fournaise ronfle, le plancher
craque, les volets battent. Lionel et moi, nous y sommes
habitués. Ces bruits ne nous réveillent plus.

Elliot est rassuré. Mais il prend tout de même la lampe
de poche de Castorus avec lui, au cas où…

Un peu plus tard, Elliot se réveille en sursaut.

BROUM, BROUM, POUM!

Il frissonne. Puis il pense au frigo.

RRRRRR! CHOUIIIIIIIIIIIICHE!

Il tremble. Puis il pense à la fournaise.

BAM, BAM, BAM!

Elliot ferme les yeux et sourit. Il ne va pas se laisser impressionner par un volet qui bat au vent.

Mais Elliot entend autre chose.

CHOUFFE, CHOUFFE, CHOUFFE.

Le ventre d'Elliot se serre.

Castorus n'a pas parlé de ce bruit-là.

Qu'est-ce que c'est?

Soudain, une ombre blanche apparaît à la porte.
Elliot sent tous ses poils se dresser.

— Dors-tu? fait une voix tremblotante.

Le pâle fantôme s'avance un peu plus.

Elliot se fait tout petit sous ses couvertures.

Quand le fantôme est tout près, Elliot remarque qu'il porte un pyjama et une couverture rose. C'est Bab! Et ce sont ses pantoufles qui font le bruit.

— J'ai entendu des coups, murmure Bab.

— Ne t'en fais pas, dit bravement Elliot. C'est le vent qui fait battre les volets.

Bab veut dormir avec lui, au cas où… Elle se glisse dans le confortable lit d'Elliot.

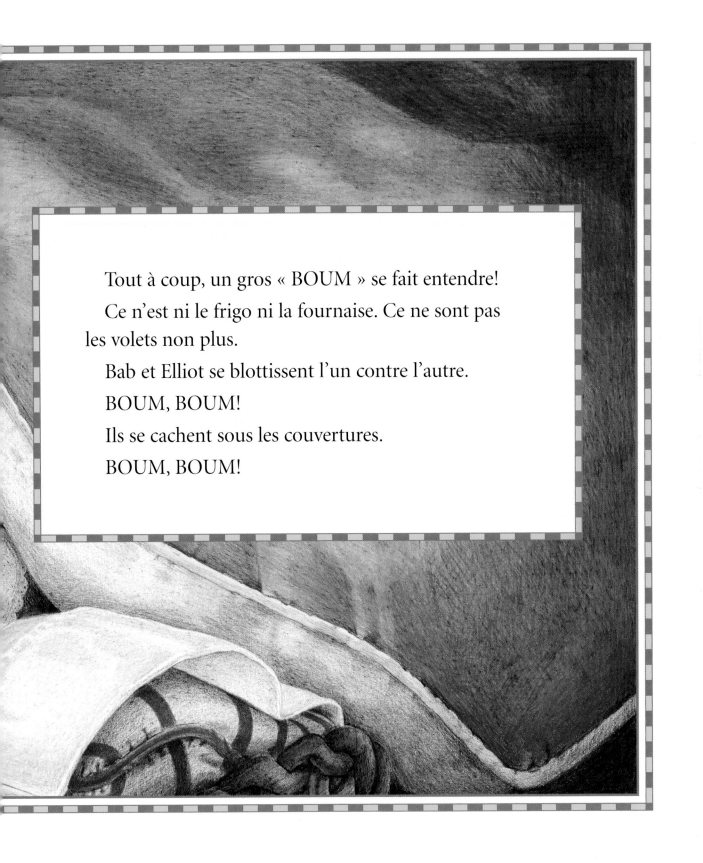

Tout à coup, un gros « BOUM » se fait entendre!

Ce n'est ni le frigo ni la fournaise. Ce ne sont pas les volets non plus.

Bab et Elliot se blottissent l'un contre l'autre.

BOUM, BOUM!

Ils se cachent sous les couvertures.

BOUM, BOUM!

Soudain, les couvertures se soulèvent...

— Il y a quelque chose derrière nous! crient Mouflette et Nourse.

Ils bondissent dans le lit d'Elliot.

— Il y a quelque chose qui nous suit! crient Floc et Pouf.

Et ils sautent eux aussi dans le lit d'Elliot.

Angèle surgit de l'obscurité.

— J'entends des bruits! s'écrie-t-elle.

Elle grimpe à toute allure dans le lit d'Elliot.

Tout d'un coup, le bruit s'arrête.

Ils écoutent tous, les yeux grands ouverts.

Au bout d'un moment, Mouflette soupire.

— Mais c'est nous qui avons fait tous ces bruits! s'exclame-t-elle.

Ils protestent un peu, puis éclatent de rire avant de s'installer bien au chaud pour la nuit.

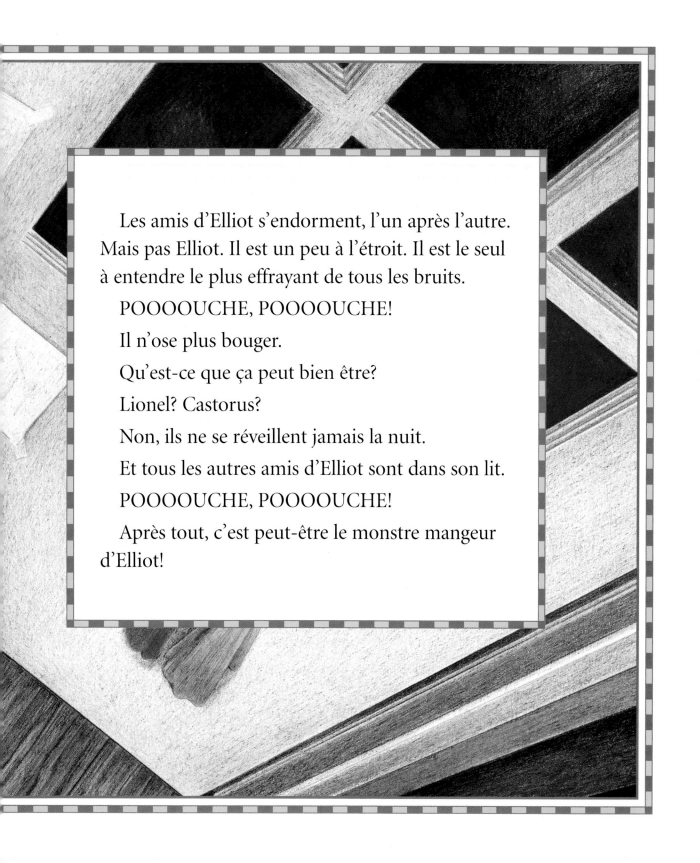

Les amis d'Elliot s'endorment, l'un après l'autre.
Mais pas Elliot. Il est un peu à l'étroit. Il est le seul
à entendre le plus effrayant de tous les bruits.

POOOOUCHE, POOOOUCHE!

Il n'ose plus bouger.

Qu'est-ce que ça peut bien être?

Lionel? Castorus?

Non, ils ne se réveillent jamais la nuit.

Et tous les autres amis d'Elliot sont dans son lit.

POOOOUCHE, POOOOUCHE!

Après tout, c'est peut-être le monstre mangeur
d'Elliot!

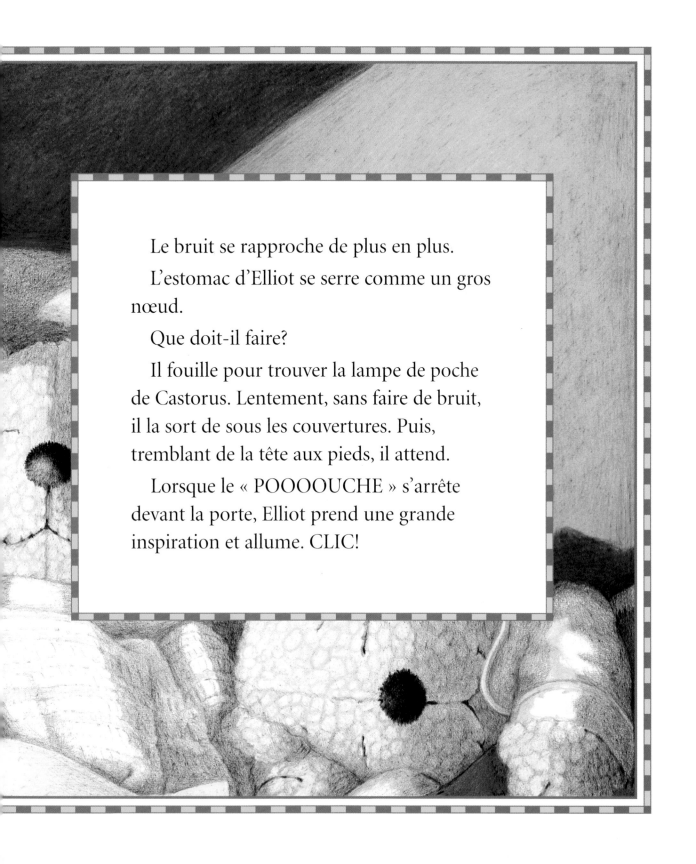

Le bruit se rapproche de plus en plus.

L'estomac d'Elliot se serre comme un gros nœud.

Que doit-il faire?

Il fouille pour trouver la lampe de poche de Castorus. Lentement, sans faire de bruit, il la sort de sous les couvertures. Puis, tremblant de la tête aux pieds, il attend.

Lorsque le « POOOOUCHE » s'arrête devant la porte, Elliot prend une grande inspiration et allume. CLIC!

— Oh! fait Castorus.

— Castorus? murmure Elliot.

— Il y avait tant de bruit, cette nuit, que je me suis réveillé, dit Castorus. Je suis venu voir si tu allais bien.

Il remarque tout à coup les autres.

— Mais on campe chez toi! Youpi!

Castorus court chercher sa couverture et son oreiller. Sa queue traîne derrière lui en faisant « POOOOUCHE-POOOOUCHE ». Il revient se blottir contre les autres.

Quelle nuit extraordinaire!

Elliot sourit. Puis il éteint la lampe de poche.
CLIC.

Il s'endort enfin, rassuré et bien au chaud dans
sa vieille maison pleine de bruits.